담장을 허물다

담장을 허물다

공광규 시집

창비

차 례

제1부

별 닦는 나무

은행나무를
별 닦는 나무라고 부르면 안되나
비와 바람과 햇빛을 쥐고
열심히 별을 닦던 나무

가을이 되면 별가루가 묻어 순금빛 나무

나도 별 닦는 나무가 되고 싶은데
당신이라는 별을
열심히 닦다가 당신에게 순금 물이 들어
아름답게 지고 싶은데

이런 나를
별 닦는 나무라고 불러주면 안되나
당신이라는 별에
아름답게 지고 싶은 나를

수종사 뒤꼍에서

신갈나무 그늘 아래서 생강나무와 단풍나무 사이로
멀리서 오는 작은 강물과
작은 강물이 만나 흘러가는 큰 강물을 바라보았어요
서로 알 수 없는 곳에서 와서
몸을 합쳐 알 수 없는 곳으로 흘러가는 강물에
지나온 삶을 풀어놓다가
그만 똑! 똑! 나뭇잎에 눈물을 떨어뜨리고 말았지요
눈물에 반짝이며 가슴을 적시는 나뭇잎
눈물을 사랑해야지 눈물을 사랑해야지 다짐하며
수종사 뒤꼍을 내려오는데
누군가 부르는 것 같아서 뒤돌아보니
나무 밑동에 단정히 기대고 있는 시든 꽃다발
우리는 수목장한 나무 그늘에 앉아 있었던 거였지요
먼 훗날 우리도 이곳으로 와서 나무가 되어요
나무그늘 아래서 누구라도 강물을 바라보게 해요
매일매일 강에 내리는 노을을 바라보고
해마다 푸른 잎에서 붉은 잎으로 지는 그늘이 되어
한번 흘러가면 돌아오지 않는 삶을 바라보게 해요

제비꽃 머리핀

띠풀이 단정한 묏등에 핀 제비꽃 한 송이는
누군가 꽂아준 머리꽃핀이어요

죽어서도 머리에 꽃핀을 꽂고 있다니
살았을 때 어지간히나 머리핀을 좋아했나봐요

제비꽃 머리핀이 어울릴 만한
이생의 사람 하나 내내 생각하며 돌아오는데

신갈나무 연두 잎 사이로 얼굴을 내민 진달래꽃이
이생의 그분처럼 시들고 있어요

형상기억합금

겨우내 참새들이 와서 놀던 쥐똥나무 울타리

가는 나뭇가지에 새잎이 참새 발가락만큼 돋았다

참새는 가는 발가락으로 나뭇가지를 붙잡았을 것이고

발가락이 붙잡고 있던 가는 나뭇가지에는

체온이 가는 참새 발가락만큼 묻어 있었을 것이다

나뭇가지들은 참새 발가락 체온을 기억했다가

쥐똥나무 어린잎을 체온만큼 내밀어주고 있는 것이다

운장암

풀 비린내 푸릇푸릇한 젊은 스님은
법당 문 열어놓고 어디 가셨나

불러도
불러도
기척이 없다

매애
매애
풀언덕에서 염소가

자기가 잡아먹었다며
똥구멍으로 염주알을 내놓고 있다

병산습지

달뿌리풀이 물별 뜬 강물을 향해
뿌리줄기로 열심히 기어가는 습지입니다
모래 위로 수달이 꼬리를 끌고 가면서
발자국을 꽃잎처럼 찍어놓았네요
화선지에 매화를 친 수묵화 한폭입니다
햇살이 정성껏 그림을 말리고 있는데
검은꼬리제비나비가 꽃나무 가지인 줄 알고
앉았다가는 이내 날아갑니다
가끔 소나기가 버드나무 잎을 밟고 와서는
모래 화선지를 말끔하게 지워놓겠지요
그러면 또 수달네 식구들이 꼬리를 끌고 나와서
발자국 꽃잎을 다시 찍어놓을 것입니다
그런 밤에는 달도 빙긋이 웃겠지요
아마 달이 함박웃음을 터뜨리는 날은
보나마나 수달네 개구쟁이 아이들이
매화 꽃잎 위에 똥을 싸놓고서는
그걸 매화 향이라고 우길 때일 것입니다

너라는 문장

백양나무 가지에 바람도 까치도 오지 않고
이웃 절집 부연(附椽) 끝 풍경도 울지 않는 겨울 오후

경지정리가 잘된 수백만평 평야를
흰 눈이 표백하여 한장 원고지를 만들었다

저렇게 크고 깨끗한 원고지를 창밖에 두고
세상에서 가장 깊고 아름다울 문장을 생각했다

강가에 나가 갈대 수천그루를 깎아 펜을 만들어
까만 밤을 강물에 가두어 먹물로 쓰려 했으나

너라는 크고 아름다운 문장을 읽을 만한 사람이
나 말고는 이 세상에 없을 것 같아서

저 벌판의 깨끗한 눈도 한 계절을 넘기지 못할 것 같아서
그만두기로 결심하였다

발목 푹푹 빠지던 백양리에서 강촌 가던 저녁 눈길에
백양나무 가지를 꺾어 쓰고 싶은 너라는 문장을

사철나무 아래 저녁

사철나무 꽃잎이 마당에 우박으로 쏟아지는
오래된 뜰과 대숲이 깊은 성북동 수연산방이다

마루에 누워 있는 주름 가득한 늙은 다탁을
저녁 햇살이 따뜻하게 어루만지고 있다

솟을대문 앞 수국은 당신 얼굴로 환하고
화단에는 금낭화가 주렁주렁 팔찌를 걸어놓았다

송판 덮개를 씌워놓은 옛 우물처럼
깊이를 알 수 없는 한지 등 눈을 가진 당신과

허물어진 성곽 긴 그늘을 지나오면서
당신에게 나를 허문 게 언제였던가를 생각했다

해거름이 어둑어둑 수묵으로 번져가는 산방
초저녁 전등 아래 담채로 물든 환한 당신

섬돌에 앉아 있는 다정한 구두 두켤레에
사철나무가 점 점 점 꽃잎 자수를 놓고 있다

고기리

어느 해 여름 고기리 계곡에서
빗소리가 도닥도닥 내리는 소리를 처음 들었다

빈 하늘에서 물푸레나무 잎으로
도!
하고 내리면 물푸레나무 잎에서 생강나무 잎으로
닥!
하고 내리던, 다시 생강나무 잎에서 한 여자 얼굴로
도!
하고 내리면 한 여자의 얼굴을 만지던 빗방울이
닥!
하고 천수관음의 손인 듯 나를 도닥거리던

고기리 이후 빗방울은 유리창에 도닥도닥 부딪친다
우산 위에도 도닥도닥 내리고
어깨 위를 도닥도닥 두드린다

고기리 이후 내 비의 역사는 새로 쓰였다

무의도

거잠포구 지나 잠진 선착장에서 뱃길 따라
소주 반 병 마시는 사이에 도착하는 섬이 있다

봄에는 파도가 벚나무와 아까시나무에 흰 포말을 올려놓
고 가고
가을에는 노을이 나뭇잎을 물들이고 가는 섬

썰물에 가슴을 열어 실미도에 길을 열어주고
갈비뼈를 꺼내 소무의도에 다리를 걸쳐준 섬

사랑을 선택한 남자가 민박집 여자와 소라고둥을 삶으며
산다는
소주 반 병으로 취해도 좋을 섬

육지에서 도망친 갈매기눈썹을 한 여자와 살림을 차려
갈매기처럼 통통한 아이를 낳고 싶은 섬이다

염소 브라자

북쪽에서는 염소가
브라자를 하고 있다고 한다
나는 웃으려다가 이내 입을 다물었다

사람이 먹어야 하니까
젖을 염소 새끼가 모두 먹을까봐
헝겊으로 싸맨다는 것이다

나는 한참이나 심각해졌다가
그만 서글퍼졌다
내가 남긴 밥과 반찬이 부끄러웠다

아침 풍경

회화나무에서 쥐똥나무 울타리로
쥐똥나무에서 명자나무 가지로
아침 새들이 옮겨 다닌다

새는 나뭇가지와 나뭇가지를 연결하는
보이지 않는 악보를 열심히
공중에 그리고 있는지도 모른다

새의 몸에 햇살이 쏟아지자
햇살이 깃털을 켜는지 깃털이 햇살을 켜는지
소리가 맑고 높다

새가 명자나무에서 수수꽃다리나무로
화락! 자리를 옮기자
붉은 질투가 꽃잎으로 진다

여여산방을 떠나며

산방 아궁이에 장작을 넣고 자고 일어난 늦가을 아침

비바람에 떨어진 나뭇잎이 마당가에 쌓여 있다

정원에 솟은 바위와 마른풀은 빗물에 젖었는데

돌담 아래 구절초 몇대가 늙어가는 친구의 머리처럼 희끗하다

꽃대가 쓰러진 상사화 잎은 푸르게 겨울을 지내겠지

잎을 털어낸 매화나무 가지엔 내년 봄에도 일찍 꽃이 피겠구나

나무로 엮은 대문을 가만히 밀다가 뒤돌아보니

어저께 환하게 반기던 화단의 국화들은 노란 얼굴을 수그리고

영국사 가는 휘어진 길을 산안개가 가리고 있다

자목련 립스틱

불광산 장안사 화단 자목련나무가
가지마다 자주색 립스틱을 밀어올렸다

가까운 옥매나무에서 먼 뒷산 신갈나무 숲까지
열심히 립스틱을 발라주고 있다

그러나 립스틱이 묻지 않는 것이
자목련나무는 많이 속상한가보다

봄바람을 핑계 삼아
립스틱 밀어올린 팔을 흔들어댄다

그래도 자목련나무의 오랜 공덕은 헛되지 않아서
가을쯤에 입술 모양의 뒷산은
붉은 립스틱을 칠하고 서 있을 것이다

두문동재

초여름 산록이 쪽물 들인 화선지다
야생화가 화선지 위에 점묘화를 그려놓았다

야생화의 양식은 산안개와 이슬일지도
쏟아지는 별똥별일지도 모른다

식물의 알뿌리를 파먹고 사는 멧돼지가
이곳저곳 땅을 들쑤셔놓고 갔다

이렇게 들쑤셔놓은 자리에서
다음 해 더 많은 야생화가 핀다고 한다

제2부

담장을 허물다

고향에 돌아와 오래된 담장을 허물었다
기울어진 담을 무너뜨리고 삐걱거리는 대문을 떼어냈다
담장 없는 집이 되었다
눈이 시원해졌다

우선 텃밭 육백평이 정원으로 들어오고
텃밭 아래 사는 백살 된 느티나무가 아래 둥치째 들어왔다
느티나무가 그늘 수십평과 까치집 세채를 가지고 들어왔다
나뭇가지에 매달린 벌레와 새 소리가 들어오고
잎사귀들이 사귀는 소리가 어머니 무릎 위에서 듣던 마
른 귀지 소리를 내며 들어왔다

하루 낮에는 노루가
이틀 저녁엔 연이어 멧돼지가 마당을 가로질러 갔다
겨울에는 토끼가 먹이를 구하러 내려와 방콩 같은 똥을
싸고 갈 것이다
풍년초 꽃이 하얗게 덮인 언덕의 과수원과 연못도 들어
왔는데

연못에 담긴 연꽃과 구름과 해와 별들이 내 소유라는 생
각에 뿌듯하였다

미루나무 수십그루가 줄지어 서 있는 금강으로 흘러가는
냇물과
냇물이 좌우로 거느린 논 수십만마지기와
들판을 가로지르는 외산면 무량사로 가는 국도와
국도를 기어다니는 하루 수백대의 자동차가 들어왔다
사방 푸른빛이 흘러내리는 월산과 청태산까지 나의 소유
가 되었다

마루에 올라서면 보령 땅에서 솟아오른 오서산 봉우리가
가물가물 보이는데
나중에 보령의 영주와 막걸리 마시며 소유권을 다투어볼
참이다
오서산을 내놓기 싫으면 딸이라도 내놓으라고 협박할 생
각이다
그것도 안 들어주면 하늘에 울타리를 쳐서

보령 쪽으로 흘러가는 구름과 해와 달과 별과 은하수를
멈추게 할 것이다

공시가격 구백만원짜리 기울어가는 시골 흙집 담장을 허
물고 나서
나는 큰 고을 영주가 되었다

상림에서

지하철 무가지 신문에서 확인한 오늘 운세는
'남쪽으로 가면 나무 아래서 귀인을 만난다'이다
귀인이라는 말에 자꾸 마음이 간다

함양은 일산의 남쪽
버스터미널에서 세시간 후 상림에 도착하였다
두근두근 귀인이 궁금하다

상림 숲에 들자 오래된 나무가 그늘을 거느리고 있다
그늘 아래 민들레와 질경이가 가는 몸으로 서 있고
텃새와 다람쥐가 나무를 옮겨 다닌다

숲을 떠나본 적이 없는 식솔들이다
이런 식솔들의 안부를 묻는 사이
느티나무와 개서어나무가 아랫도리를 맞댄 연리목을 만
났다

땅에서 불거져나온 힘줄을 보고 있는데

한 노인이 나타나 자기가 최치원이라고 하였다
나는 그럴 리가 있느냐고 파안대소하였다

노인은 이곳 태수로 왔을 때 둑을 쌓고
활엽관목 이만그루를 심었다고 하였다
지리산과 백운산에서 직접 캐어다가 옮겨왔다고 하였다

망악루를 지어 지리산을 보고
망가사에 석불을 조성하였다고 하였다
연당을 파서 연꽃을 보고 자생하는 꽃무릇을 보았다고
하였다

가야산 홍류동에서 종적을 감추었다고 하더니
안개가 일어나는 숲으로 이내 사라져버렸다
나는 파안대소하던 입을 다물고 계곡을 따라가보는데

헌 짚신 한 짝이 물에 둥둥 떠내려오고 있다
신기하여라, 오래된 숲은 사람을 감추고 내놓나보다

오래된 나무는 천년을 오고 가는 귀신의 물건인가보다

오늘 운세가 딱 맞는 셈이다

수성동 기린교

물소리를 듣는 골짜기여서 수성동이라고 한다
겸재의 그림 「장동팔경첩」 중의 수성동 돌다리이다
추사의 시 「수성동 우중관폭」에서 나막신으로 올랐던 돌
다리이다

나뭇잎을 구르고 꽃잎에 물든 빗물이
바위에 모여 있다가 보가 터져 바위틈을 빠져나가면서
내는 소리를
기린이 우는 소리로 듣는 곳이라고 한다

공자 이후 기린을 보거나 울음소리를 들어본 적이 없다
지만
돌다리 위에 서면
기린이 우는 소리를 가려들을 수 있다고 한다

겸재가 문방사우를 지고 왔을 때는 세 남자와 한 여자가
다리를 막 건너 바위를 올라가는 중이었고
추사가 비 오는 날 다리 위에 섰을 때는 물소리가 우렁차

고 산안개가 몸을 감싸고 새소리가 고요했는데
  세상에 덕이 없음을 한탄하고 돌아가 시를 지었다고 한다

  저녁 어스름에 다리를 건너다가 물살을 내려다보니
  바위 벼랑에 바위취가 흰 꽃을 쌀 한됫박만큼 모아놓았다
  물거품을 매달고 있는지도 모르겠다

  소나무와 벚나무와 상수리나무 숲에서 번진 저녁 그늘이
  사모정에서 양반다리를 틀고 고여 있다가는
  돌다리와 소쩍새 울음과 물소리와 구두와 하이힐을 폭
감싼다

새점

지리산 기슭 어디쯤 숲길
물오리나무와 떡갈나무와 서어나무와 갈참나무와 물푸
레나무 아래를 지나
옛날에 심마니가 다니다가 쉬었다는 나무 아래서 쉬는데

푸드덕! 오색딱따구리 한마리가 날아가면서
굴참나무 잎 한장을 떨어뜨리고 간다

무릎 위에 놓인 잎의 잎맥을 따라가며
만나고 끊어진 인연들을 생각해본다

잎맥의 칸이 다른 것처럼
똑같은 운명도 없을 거라는 생각을 해보는데

크기가 다른 잎맥의 칸에서
비와 바람과 눈과 햇살을 맞고 있는 내가 보인다

옛날 종로서적 앞에서였던가

조롱을 들고 있던 노인에게 새점을 치던 생각도 난다

굴참나무 잎맥을 한참 따라 읽고 있는데
이십대 운세가 오십대에도 달라진 게 없다는 생각이다

나는 삼월에 태어나 손재수가 있고 가난한가보다
관재구설이 있어서 해직을 당하고 소송을 했었나보다
인생의 칠팔월쯤에 있어서 집안에 우환이 있고 재물에
손해가 있나보다

구시월 사이에야 동남방에서 재물이 들어오고
십일이월에 가서야 재물을 얻어 집안이 화평하다는데
이런 늦복이 아쉽지만 다행이긴 하다

굴참나무 잎맥에서 나와 고개를 들어
오색딱따구리가 날아간 하늘을 다시 바라보는데

그냥 허공이다

워싱턴 아침

조지워싱턴 대학교 기숙사 낡은 나무침대 모서리에
아침 햇살이 걸터앉아
이불 밖으로 삐져나온 내 발을 만지며 말을 걸었죠
"어서 창밖을 보렴, 미국의 아침이야!"

흑인들은 우당탕탕 쓰레기 청소를 시작하고
햇살을 이마에 얹은 건물들은 출입문으로
뚱뚱한 노동자들을 하나둘 잡아먹고 있었죠

공원에는 썩은 걸레처럼 누워 있는 노숙자들
느릅나무 위를 오가던 새들은 워싱턴 흉상에
뭐라고 쓴 업적을 똥으로 지우고 있었죠

국제통화기금 건물 옆 세계은행 앞 공원에서
써클공원에서
컬럼비아 플라자 앞 토끼풀밭에서
느릿느릿 쓰레기봉지를 뒤지는 거지들

빌딩 옥상에서 햇볕을 쬐고 있는 비둘기들은
교회 첨탑 그림자를 피해가며 불평하고 있었죠
"십자가가 햇빛을 가려서 춥고 귀찮군"

왜소한 아시아 노동자처럼
비둘기들은
하느님의 정의와 역사를 의심하고 있었죠

낙원동

평생 낙원에 도착할 가망 없는 인생들이
포장마차에서 술병을 굴린다

검은 저녁 포장도로
죽은 나뭇가지에 매달린 붉은 비닐포장 꽃에서
잉잉거리며 일벌 인생을 수정하고 있다

꽃 한번 피지 못하고 시들어가는
열매도 보람도 없이 저물어가는 간이의자 인생을
술병을 바퀴 삼아 굴리는 사이
포장마차는 달을 바퀴 삼아 은하수 이쪽까지 굴러와 있다

소주를 주유하고
안주접시를 바퀴로 갈아 끼우고
술국에 수저를 넣어 함께 노를 젓고
젓가락을 돛대로 세워 핏대를 올려도 제자리인 인생

포장마차가 불을 *끄자*

죽은 꽃에서 비틀비틀 접힌 몸을 펴고 나온 일벌들이
술에 젖은 몸을 다시 접어 택시에 담는다

이런 날 저녁에도

남북한과 미국에 전쟁 반대와 평화협정 체결을 촉구하는
작가와 지식인 기자회견 하러 프란치스코 회관으로 가는
정동길
서울시립미술관 앞에 매화꽃 피었다
내외국인 관광객과 인근 사무원들이
꽃나무를 앞에 두고 사진을 찍어댄다
꽃나무를 배경으로 포즈를 취한 사람이나
그쪽을 향해 사진기를 조준하고 선 사람이나
청매 홍매 웃음이다
이렇게 꽃 피는 봄인데 남북한과 미국이 전쟁을 하겠다
고 난리다
다 먹고사는 문제 때문이다
북한은 굶어 죽을 판이고
미국은 무기를 팔아먹어야 하고
오랫동안 경제가 어려운 일본은 전쟁이 나기를 바라고
중국도 손해 볼 게 없다는 입장이다
전쟁은 경제가 일으키고 정치가 조종한다는 누군가의 말
이 떠오른다

아파트 현관에는 전시비상물품 목록이 붙어 있다는데

기자회견장에는 직장에서 휴가까지 내고 온 순진한 시인
과 소설가 몇 사람

그리고 대학교수 낭독자 한명뿐 텅텅 비었다

내가 세상을 잘못 읽는지도 모르겠다

이런 날 저녁에도 인사동 모임에 나가 음식이 넘치는 회
식을 하고

떠들썩한 맥줏집에서 여자들과 춤을 추었다

아들을 군대에 보내놓고

먹고 마시고 명령을 내리는 사람들과 친교를 하다가

다른 날보다도 더 많이 술에 취해서 집에 돌아왔다

어떤 시위

종이를 주는 대로 받아먹던 전송기기가
입을 꾹 다물고 있다

전원을 껐다가 켜도
도대체 종이를 받아먹지 않는다

사무기기 수리소에 전화를 해놓고
덮개를 열어보니

관상용 사철나무 잎 한장이
롤러 사이에 끼어 있다

청소 아줌마가 나무를 옮기면서
잎 하나를 떨어뜨리고 갔나보다

아니다
석유 냄새 나는 문장만 보내지 말고

푸른 잎도 한장쯤 보내보라는

전송기기의 침묵시위일지도 모른다

짧은 시 놀이

내가 아는 가장 짧은 시는
프랑스 시인 르나르가 쓴
「뱀」
"너무 길다"

내가 아는 한 노동자는 이렇게 말했다
「배」
"고프다"

다른 노동자는 이렇게 맞장구쳤다
「돈」
"없다"

눈주름 악보

이른 봄날 오후
벚나무 꽃그늘 돗자리 위에서
모로 누워 자는 아내의 눈주름을 본다

햇볕도 그늘을 만들고
꽃나무도 그늘을 거느리는 걸 보면
아내에게도 그늘이 많았을 것이다

꽃나무 가지에 앉았던 바람이 깃을 치자
눈주름 위에 음표로 내려앉는
꽃잎 몇장

저녁이 와서
노을 한 폭 개어다 덮어주는데
낡은 몸에서 오래된 풍금 소리가 터져나온다

첫눈

"국밥 한 그릇 줘유!" 하면 돼지국밥을 내오는
고추조림이 맛있는 서산 중앙시장 국밥집에서
옛날 겨울 맛이 나는 동치미 국물로 입을 가시며 나오는데

첫눈이 채소전 늙은 호박과 파란 싹이 난 무와 배추와
흙 묻은 생강과 감자와 고구마와 인삼 위에 내린다

장꾼들은 첫눈이 반가운지 채소에 쌓인 눈을 털어낼 생
각도 안하고
북적이는 사람들도 늙으나 젊으나 머리와 눈썹이 하얗
게 센
신선이 되어 하늘바라기를 하고 있다

나는 눈 오는 것이 재미있어서 소고기와 개고기와 돼지
고기와
생닭과 닭발을 쌓아놓은 육전을 지나고
미꾸라지와 잉어와 게와 조개를 담아놓은 함지박과
새우젓 바탱이 옆에 늘어놓은 꼬막과 고등어와 갈치와

꽁치와

　생미역과 바닷말과 마른 북어를 걸어놓은 어물전을 지
났다

　가축시장 말뚝에 매인 길짐승과 우리에 갇힌 날짐승들도
　눈 오는 날 팔려가는 것이 즐거운지 펄쩍펄쩍 뛰거나 깃
을 친다

　이곳에서 멀지 않은 곳에 고향 빈집이 있는 나는
　아버지도 어머니도 없고 동생들도 없는 것이 서러워서
　한참이나 첫눈을 뜨거운 눈물에 말아 먹고 있다

사막이 우는 밤

바람이 물결무늬 지문을 남기며 말 울음소리로 달려가는
이곳은 먼 옛날 느릅나무와 자작나무 숲이었겠지요

밤바람이 노을에 젖었던 모래무늬를 밟고 와서는
느릅나무 등걸과 자작나무 삭정이에서 마두금을 켜고 있
습니다

이런 밤, 바람이 만지는 들꽃의 뺨은 슬픔이겠지요
풀잎의 몸은 신음이겠고요

물결무늬 등고선은 당신이라는 사막을 향해 불어간 슬픔
의 지도입니다
당신을 향해 불어간 마음의 지문입니다

바람은 주먹별들 아래 버려진 말 대가리 흰 뼈를
무상경전(無常經典)인 양 낭송하며 가는데

마두금이 슬픔의 등고선을 바람의 악보를 연주하고 있습

니다
　당신이라는 직선의 현에 곡선인 내가 가서 애무하듯

이팝나무 꽃밥

청계천이 밤새 별 이는 소리를 내더니
이팝나무 가지에 흰쌀 한 가마쯤 안쳐놓았어요

아침 햇살부터 저녁 햇살까지 며칠을 맛있게 끓여놓았으니
새와 벌과 구름과 밥상에 둘러앉아
이팝나무 꽃밥을 나누어 먹으며 밥정이 들고 싶은 분

오월 이팝나무 꽃그늘 공양간으로 오세요
저 수북한 꽃밥을 혼자 먹을 수는 없지요
연락처는 이팔팔에 이팔이팔

죽음의 문양

초원에서는 사람이 죽어도 슬퍼하지 않는다고 한다
제사도 없다고 한다
장수들의 무덤도 돌을 빙 둘러 박은 평토장이다

말을 타고 언덕을 내려오는데
흰 털 짐승 한마리가
흙에 녹아내려 초원과 거의 평면을 이루고 있다

이곳에서는 죽음도
자연이 박아넣는 은입사구름 문양 공예품이다

지족해협에서
유배일기

갯가 푸조나무 아래서 가을 단풍을 등불 삼아
향교에서 빌린 『주자어류』를 읽다가 내려놓고
통무를 넣고 끓인 물메기국 한 그릇을 비웠습니다

해안을 한참 걸어가 만난 곳이 지족해협이라던가
연을 날리는 아이들과
굴과 게와 조개와 멍게를 건지고
갈치와 전어와 주꾸미를 잡는 노인들을 만나
이곳 풍물을 묻고 즐거워하였습니다

참나무 말뚝을 박은 죽방렴에서는
남정네들이 흙탕물에 고인 멸치를 퍼 담고 있었습니다

갈대를 엮어 올린 낮은 지붕에는
삶은 멸치들이 은하수처럼 반짝거렸는데
떼 지어 하늘로 올라가는 용의 모습과 같더군요

아하, 이곳에서는 멸치를 미르치라 부른다는데

용을 미르라고 하니 미르치는 용의 새끼가 아닐는지요
미르라고 부르는 은하수 또한
이곳 바다에서 올라간 미르치의 떼가 아닐는지요

죽방렴에서 퍼내는 흙탕물 바가지에 담긴 멸치들을 보면서
인간의 영욕이라는 것이 밀물 썰물과 다르지 않고
정쟁(政爭)에서 화를 당하는 것은 빠른 물살을 만나
죽방렴에 갇히는 재앙과 같다는 생각을 하였습니다

꾸들꾸들 말라가는 지붕 위의 멸치와 다름이 없는 이 몸은
남해의 물을 다 기울여도 씻지 못할 누명이거늘*
오늘 밤, 밝은 스승과 어진 벗이 그리울 뿐입니다

*『사씨남정기』에서 인용.

제3부

백운모텔

벌초하러 고향에 내려갔다가
먼지와 벌레가 주인이 되어버린 빈집을 나와
무량사 앞 한적한 모텔에 들었다

왠지 호젓하여 글이나 써볼까 하는데
쓸 쓸 쓸 쓸 여치가 운다

나도 금방 쓸쓸해져서
젊은 나이에 병들어 울면서 돌아가신 아버지도 생각나고
늙어서 불경을 외우다 돌아가신 어머니도 생각난다

혼자 사는 이혼한 여동생을 생각하다가 목이 메는데
이름을 알 수 없는 풀벌레가 또 운다

풀벌레들은 먼 옛날 이 고장 주막에서
쓸쓸히 묵고 간 시인일지도 모른다

맑은 웃음

캄캄한 밤 시골집 마당 수돗가에 나와
옷을 홀딱 벗고 멱을 감는데
수만개 눈동자들이 말똥말똥 내려다보고 있다

날이 저물어 우리로 간 송아지와 염소와 노루와
풀잎과 나무에 깃들인 곤충과 새들이
물 끼얹는 소리에 깨어 내려다보는 것이다

오랜만에 고향에 내려온 나를
들판과 나무 위를 깝죽깝죽 옮겨 다니면서
웬 낯선 짐승인가? 궁금해했던 것들이다

나는 저들의 잠을 깨운 것이 미안하기도 하고
삼겹살로 접히는 뱃살이 창피하여
몸에 수건을 감고 얼른 방으로 뛰어가는데

깔깔깔 웃음소리가 방 안까지 따라온다
"애들아, 꼬리가 앞에 달린 털 뽑힌 돼지 봤지?"

재래식 변소에 쭈그려 앉아서

구린내에 삭아 구멍 난 양철문 틈으로
사람이 오나 안 오나 밖을 내다보니
늙은 느티나무에서 수다를 떨던 참새떼가
구기자나무에 가랑잎처럼 쏟아져내린다
참새들은 구기자꽃 빛을 닮은 어린 발로
꽃잎을 툭툭 털어대고 있다
멀리 뿔바위에서 뻐꾸기가 옛날처럼 운다
보리 베는 일이 고단하여 몸살을 앓고 난 뒤에
가출을 생각했던 옛날이 생각나
풋 하고 웃음이 터진다
누이들의 입술과 봉숭아 꽃물 들인 손톱이
다닥다닥 달라붙은 빨간 앵두나무 그늘
추녀에 매달린 양파들이 흙 묻은 맨얼굴을
어린 자매들처럼 부비고 있다
청태산에서 비구름이 오고 눈보라가 오고
철새가 날아가 석양에 박히던 옛날을 생각하는데
풍덩!
똥물이 튀어 엉덩이와 불알을 만진다

속 빈 것들

아름다운 소리를 내는 것들은 다 속이 비어 있다

줄기에서 슬픈 숨소리가 흘러나와
피리를 만들어 불게 되었다는 갈대도 그렇고
시골집 뒤란에 총총히 서 있는 대나무도 그렇고
가수 김태곤이 힐링 프로그램에 들고 나와 켜는 해금과
대금도 그렇고
프란치스코 회관에서 회의 마치고 나오다가 정동 길거리
에서 산 오카리나도 그렇고

나도 속 빈 놈이 되어야겠다
속 빈 것들과 놀아야겠다

되돌아보는 저녁

자동차에서 내려 걷는
저녁 시골길
그동안 너무 빨리 오느라
극락을 지나쳤을지 모른다는 생각을 해본다

어디서 읽었던가
인디언들은 말을 타고 달리다가
영혼이 뒤따라오지 못할까봐
잠시 쉰다는 이야기를

발등을 스치는 메뚜기와 개구리들
흔들리는 풀잎과 여린 들꽃
햇볕에 그을린 시골 동창생의 사투리
당숙모가 차리는 시골 밥상

나물 뜯던 언덕에 핀
누이가 좋아하던 나리꽃 군락을 향해
자동차에서 내려 걷는

64

시골길 저녁

햇살의 말씀

세상에 사람과 집이 하도 많아서
하느님께서 모두 들르시기가 어려운지라
특별히 추운 겨울에는 거실 깊숙이 햇살을 넣어주시는데

베란다 화초를 반짝반짝 만지시고
난초 잎에 앉아 휘청 몸무게를 재어보시고
기어가는 쌀벌레 옆구리를 간지럼 태워 데굴데굴 구르게
하시고
의자에 걸터앉아 책상도 환하게 만지시고
컴퓨터와 펼친 책을 자상하게 훑어보시고는
연필을 쥐고 백지에 사각사각 무슨 말씀을 써보려고 하
시는지라

나는 그것이 궁금하여 귀를 세우고 거실 바닥에 누웠는데
햇살도 함께 누워서 볼과 코와 이마를 만져주시는지라

아! 따뜻한 햇살의 체온 때문에
나는 거실에 누운 까닭을 잊고 한참이나 있었는데

지나고 보니 햇살이 쓰시려고 했던 말씀이 생각나는지라

"광규야, 따뜻한 사람이 되어라"

손가락 염주

밥상을 차리고 빨래를 주무르고
막힌 변기를 뚫고

아이들과 어머니의 똥오줌을 받아내던
관절염 걸린 손가락 마디

이제는 굵을 대로 굵어져
신혼의 금반지도 다이아몬드 반지도 맞지가 않네

아니, 이건 손가락 마디가 아니고 염주알이네
염주 뭉치 손이네

내가 모르는 사이에
아내는 손가락에 염주알을 키우고 있었네

나쁜 놈

가슴에 소설책 열권도 더 들어 있다며
가슴을 치던 여인은
한권 소설도 쓰지 못한 채 흙으로 돌아갔다

나는 그의 무덤 앞에
'여기, 가슴에 소설 열권을 묻은 채 돌아간 여인이 있다'
라는
비석을 세우려다 말았다

강아지풀들은 묘 마당에 몰려와
비석을 세우지 않은 내가 못마땅한지
꼬리에 비와 바람과 햇살을 찍어 소설을 풀어 쓰고 있다

강아지와 살다가 고독사한 독거노인
가슴비석에 '나쁜 놈'이라는 명문을 파놓고 돌아간 여인
에게
묘 앞에서 한없이 미안하다

금광석

구봉 금광에 다니던 아버지가
갱도에서 시커먼 돌에 흰 차돌이 박힌 금광석을 숨겨가
지고 와서는
석유등잔불 아래 내놓고
이모네 식구와 우리 식구가 둘러앉아 구경을 한 적이 있다

등잔 심지를 올리고
간드레 불꽃을 더 밝게 하고
아무리 돌을 쳐다봐도 도대체 금이라곤 보이지가 않았다

아버지는 치석처럼 끼인 불순물을 손톱으로 긁어대며
호기심이 가득한 스무개의 눈들을 바라보며
뭐라고 설명을 하셨는데 기억이 없다

어른의 눈은 침침해서 안 보이고 아이의 눈은 몰라서 안
보인다고 했던가?
아니다,
돌을 깨는 망치와 정련하는 기계가 없으면

금광석도 잡석이라고 한 것 같다

나도 너에게 부서지고 가열될 때만 금광석일 것이다

.

가죽그릇을 닦으며

여행 준비 없이 바닷가 민박에 들러
하룻밤 자고 난 아침

비누와 수건을 찾다가 없어서
퐁퐁으로 샤워를 하고 행주로 물기를 닦았다

몸에 행주질을 하면서
내 몸이 그릇이라는 생각이 들었다

뼈와 피로 꽉 차 있는 가죽그릇
수십년 가계에 양식을 퍼 나르던 그릇

한때는 사람 하나를 오랫동안 담아두었던
1960년산 중고품 가죽그릇이다

흉터 많은 가죽에 묻은 손때와
쭈글쭈글한 주름을 구석구석 잘 닦아

아름다운 사람 하나를
오래오래 담고 싶다는 생각을 해본다

침향 덩어리

젊어서 제법 큰 상처가 있었다는 큰누님 또래 한분을
오래된 은박 나비장이 있는 술집에서 만났는데

술을 부어주며 마음의 온도를 일도쯤 올려놨더니
몸에서 아주 그윽한 향기를 뿜어내는 거였다

몸에 난 상처를 치유하려고 수백년 수천년
상처 부위에 나무기름이 모여 응결된 침향 덩어리였다

풀잎 우표

홍천 비발디파크 메이플동 516호
햇살이 밝고 맑은 초봄 아침나절
조정권 시집을 읽고 엽서 한장 써서 우체국을 찾았다

매일 수천의 사람이 붐비고
수백대의 차량이 오고 가는 곳인데
구내에 우체국도 우체통도 없다고 한다

이 서정 없는 문명

나는 홍천과 양평 사이 어디쯤 시골식당에서 만난
술과 음료수를 싣고 왔다는 유통회사 트럭 운전수에게
엽서를 맡겼다

만일 시인께서 엽서를 받는다면
이 궁벽진 시골의 비포장도로에서 얻은
대지가 갓 발행한 풀잎 우표가 붙어 있을 것이다

늙어가는 함바집

멈춘 시계가 5시 53분을 가리키고 있는 저녁
폐자재가 굴러다니는 강변 목련나무 아래 함바집은
판자를 덧댄 문을 헌 입처럼 가끔 벌려서
개나리나무에 음표를 매답니다

멀리서 기차는 시간을 토막 내며 철교를 지나고
술병을 세운 탁자에 둘러앉은 사람들은
얼굴에 팬 주름을 악기처럼 연주하며
뽕짝으로 지르박으로 늙어갑니다

우리가 없는 날에도 기차는 녹슨 철교 위에서
여전히 시간을 토막 내며 지나고
자동차는 요란한 청춘처럼 잘못 살고 있는 중년처럼
몸을 속도를 위반하며 지나겠지요

강물은 길이를 잴 수 없을 만큼 흘러가고
풀들은 수없이 시들고 또 새잎을 낼 것입니다
몸도 사랑도 꽃대궁처럼 말라 허리를 꺾겠지요

전등은 여전히 인생을 측은하게 비추겠지요

우리가 없는 날에도 목련나무 아래 함바집
녹슨 난로 옆에는 사람들이 따뜻하게 늙어갈 것입니다
종교처럼 늙어가는 술집의 멈춘 시계는
아직도 저녁 5시 53분을 가리키고 있겠지요

풍경을 빌리다

정원이 아름다운 집을 구하러 돌아다니다가
그냥 살던 집 벽을 헐고 창을 내어
풍경을 빌려서 살기로 했다
오래된 시멘트 벽이었다

쇠망치로 벽을 치자 손목과 팔이 저려왔다
한번 더 힘껏 치자 어깨와 가슴까지 저려왔다
쇠망치를 튕겨내는 벽
반항하는 벽 대신에 서까래와 대들보만 울었다

"벽은 안에서 밖으로 치는 것이여!"
지나가던 노인이 혀를 끌끌 찼다
그런가?
상처 난 벽을 잠깐 쳐다보다가 돌아보는 사이
노인은 자취가 없다

헛것을 본 것인가
동네에서 한번도 본 적 없는 노인이라는 생각을 하며

방 안에 들어가 밖으로 벽을 치자
망치 두세방에 벽이 뻥 뚫렸다
하늘이 방 안으로 무너지고 햇살이 쏟아졌다

터진 벽에 창틀을 끼우고 유리를 붙이자
창문으로 감나무와 버즘나무와 잣나무 숲이 선착순으로
들어오고
잣나무숲 뒤로 마을과 멀리 바위를 등에 업은 산맥이 들
어왔다
산 중턱에 요란한 절과 반짝이는 교회 첨탑이 옥에 티지만
가끔 빗줄기와 눈발이 발을 쳐서 가려주었다

이 땅에 경치 좋고 인심 좋은 명당이 흔하겠는가
이게 인생 아니겠나
마음이 명당이면 되는 것 아니겠나

창을 낸 후 방 안은 매일매일이 유리 스크린 영화관이다
오늘은 직박구리 두마리가

가지에 매달린 언 감을 쪼아 먹는 모습이 다정하다
러브씬도 은근히 기대해본다

파문의 바퀴

비 오는 히로시마 경교천

수면 위에 빗방울이 둥근 파문을 굴리고 있다
파문의 바퀴들이 톱니처럼 물고 강을 바다로 싣고 가는
지도 모른다

아니다, 빗물은 저 파문의 바퀴가 달린 마차를 타고 와서는
수면 위에서 한생을 지우며 마감하는지도 모른다

풀숲에 바퀴를 버린 우마차처럼
폐차장에 바퀴를 버린 자동차처럼 한생의 파문을 지우는
것인지도 모른다

가슴에 일던 파문을 지우고 떠난
파문당한 사랑처럼

순정하고 투명한 서정을 통한 본원적 존재론

유성호

1

공광규의 여섯번째 시집 『담장을 허물다』는 서정시가 추구하는 순정하고 투명한 구심적 서정의 원리를 느릿하고 아련하게 펼쳐낸 심미적 풍경첩이다. 우리가 잘 알듯이, 서정시는 '시간'을 가장 큰 원리이자 기제로 삼는 양식인데, 이는 서정시가 시간의 흐름 속에 놓인 사물의 존재방식에 대해 깊은 관심을 가진다는 것을 뜻한다. 공광규의 시편은 이러한 시간예술로서의 서정시의 속성을 충실하게 보여주면서, 역동적 상상력을 통해 일상에 편재한 불모성을 치유하고 새로운 소통 가능성을 꿈꾸게 하는 양식으로 승화하고 있다. 그만큼 시인은 세계와 내면에서 일고 무너지는 감각들을 다양하게 재현하고 재구성하면서, 자신의 경험적 실감들을 삶의 경이로운 자각과정으로 현상하는 데 매진한다.

그 점에서 추월과 과속을 허락하지 않는 느린 운동으로서의 시 쓰기를 통해 "사는 만큼 쓴다는"('시인의 말') 믿음을 보여주는 공광규는 우리 시단에서 가장 "궁벽진"(「풀잎 우표」) 곳에서 얻은 경험과 지혜를 순정하고 투명하게 노래하는 시인이 아닐 수 없다. 다음 작품은 그 첨예한 예증이다.

　고향에 돌아와 오래된 담장을 허물었다
　기울어진 담을 무너뜨리고 삐걱거리는 대문을 떼어냈다
　담장 없는 집이 되었다
　눈이 시원해졌다

　(…)

　하루 낮에는 노루가
　이틀 저녁엔 연이어 멧돼지가 마당을 가로질러 갔다
　겨울에는 토끼가 먹이를 구하러 내려와 방콩 같은 똥을 싸고 갈 것이다
　풍년초 꽃이 하얗게 덮인 언덕의 과수원과 연못도 들어왔는데
　연못에 담긴 연꽃과 구름과 해와 별들이 내 소유라는 생각에 뿌듯하였다

미루나무 수십그루가 줄지어 서 있는 금강으로 흘러가
는 냇물과
냇물이 좌우로 거느린 논 수십만마지기와
들판을 가로지르는 외산면 무량사로 가는 국도와
국도를 기어다니는 하루 수백대의 자동차가 들어왔다
사방 푸른빛이 흘러내리는 월산과 청태산까지 나의 소
유가 되었다

마루에 올라서면 보령 땅에서 솟아오른 오서산 봉우리
가 가물가물 보이는데
나중에 보령의 영주와 막걸리 마시며 소유권을 다투어
볼 참이다
오서산을 내놓기 싫으면 딸이라도 내놓으라고 협박할
생각이다
그것도 안 들어주면 하늘에 울타리를 쳐서
보령 쪽으로 흘러가는 구름과 해와 달과 별과 은하수
를 멈추게 할 것이다

공시가격 구백만원짜리 기울어가는 시골 흙집 담장을
허물고 나서
나는 큰 고을 영주가 되었다
——「담장을 허물다」 부분

"고향에 돌아와 오래된 담장을 허물"자 시인의 눈과 귀에는 새로운 풍경과 소리들이 들어오기 시작한다. 새롭게 "담장 없는 집"의 소장품을 구성하게 된 노루와 멧돼지와 토끼와 "연못에 담긴 연꽃과 구름과 해와 별들"은 새삼스럽게 그것들이 "내 소유라는 생각"을 시인에게 가져다준다. 물론 여기서 '소유'는 '무소유'와 다를 바 없다. 나무와 냇물과 들판과 국도와 산들까지 "나의 소유"가 된다는 것은 세속에서 말하는 소유 관념의 전복이요 그 자체로 역설이기 때문이다. 또한 담장을 허무는 것 자체가 자연 사물 쪽으로 소유를 양도하는 것이고, 소유와 무소유의 경계를 없애는 것이기 때문이기도 하다. 담장을 허물고 나서 "큰 고을 영주"가 된 시인은 그 순간 일종의 '우주적 자아'로 거듭난다. 이처럼 거대한 우주적 생명의 그물망을 획득하고 자연과 인간의 유기적 순환성과 연속성을 확보하게 된 시인은 '담장 허물기'라는 일상적 계기를 통해 인간 존재에 대한 깊고도 경이로운 성찰을 시도한 것이다. 그렇게 '담장'으로 상징되는 경계와 배타의 표지가 허물어지자 새로운 소유의 영역이 몸을 바꾸는 과정은 우리 시대의 핵심 기율인 소유 관념에 대한 반성적 전언으로 읽힌다. 또한 그것은 "새와 벌과 구름과 밥상에 둘러앉아/이팝나무 꽃밥을 나누어 먹으며 밥정이 들고 싶은"(「이팝나무 꽃밥」) 순간이기도

할 것이다. 결국 "살던 집 벽을 헐고 창을 내어/풍경을 빌려서 살기로"(「풍경을 빌리다」) 하거나 "아름다운 소리를 내는 것들은 다 속이 비어 있다"(「속 빈 것들」)고 노래하는 맥락에서도 시인은 '허물다/헐다/비우다' 같은 '덜어냄'의 동사군(群)을 활용하여 세속적 경계의 표지를 지우면서 새로운 존재론적 갱신의 순간을 그려내고 있는 것이다.

2

그런가 하면, 이번 시집을 아슴푸레하게 채우고 있는 또다른 음역은 '사랑'의 마음에서 발원한다. 우리가 어떤 대상을 사랑하게 될 때, 어떤 한 존재를 강렬한 몸과 마음의 힘으로 발견하였을 때, 그는 비로소 이 세상에 '있게' 된다. 물론 그전에도 그가 살고 있었겠지만, '나-너'의 관계를 통해 새롭게 구성되는 세계에 그는 '없었던' 것이나 다름없다. 그러다가 새삼스러운 존재론적 발견을 통해 그가 비로소 '있게' 되고, 나아가 우주에 가득 찬 존재로 다가오는 것이다. 공광규는 이러한 사랑의 방법론을 통해 자신의 시세계를 한껏 고양시킨다.

경지정리가 잘된 수백만평 평야를

흰 눈이 표백하여 한장 원고지를 만들었다

저렇게 크고 깨끗한 원고지를 창밖에 두고
세상에서 가장 깊고 아름다울 문장을 생각했다

강가에 나가 갈대 수천그루를 깎아 펜을 만들어
까만 밤을 강물에 가두어 먹물로 쓰려 했으나

너라는 크고 아름다운 문장을 읽을 만한 사람이
나 말고는 이 세상에 없을 것 같아서

저 벌판의 깨끗한 눈도 한 계절을 넘기지 못할 것 같
아서
그만두기로 결심하였다

발목 푹푹 빠지던 백양리에서 강촌 가던 저녁 눈길에
백양나무 가지를 꺾어 쓰고 싶은 너라는 문장을
                                                —「너라는 문장」 부분

2인칭을 '문장(文章)'으로 상상하는 과정을 따라 자연스
럽게 '원고지'나 '펜', '먹물' 같은 은유적 상관물들이 채택
되고 배열된다. 먼저 한겨울 눈이 가득 쌓인 고요한 평야는

"한 장 원고지"로 인지된다. 시인의 상상은 "크고 깨끗한 원고지"를 통해 "세상에서 가장 깊고 아름다울 문장"에 가닿는다. 갈대는 '펜'이 되고, "까만 밤"은 '먹물'이 되고, 시인은 "너라는 크고 아름다운 문장을" 쓰려 하다가 그만둔다. "저녁 눈길에/백양나무 가지를 꺾어 쓰고 싶은 너라는 문장"은 미완으로 그친 것이다. 하지만 그 미완의 형식이야말로 앞으로도 지속적으로 씌어짐으로써 완성되어갈 항구적 운동으로 남게 된다. "당신이라는 별을/열심히 닦다가 당신에게 순금 물이 들어/아름답게 지고 싶은" 자신을 "별 닦는 나무"(「별 닦는 나무」)로 불러달라거나, "물결무늬 등고선은 당신이라는 사막을 향해 불어간 슬픔의 지도"이고 "당신을 향해 불어간 마음의 지문"(「사막이 우는 밤」)이라고 노래하는 장면 역시, 이러한 항구적 사랑의 형식을 에둘러 표현한 것일 터이다.

사철나무 꽃잎이 마당에 우박으로 쏟아지는
오래된 뜰과 대숲이 깊은 성북동 수연산방이다

마루에 누워 있는 주름 가득한 늙은 다탁을
저녁 햇살이 따뜻하게 어루만지고 있다

솟을대문 앞 수국은 당신 얼굴로 환하고

화단에는 금낭화가 주렁주렁 팔찌를 걸어놓았다

송판 덮개를 씌워놓은 옛 우물처럼
깊이를 알 수 없는 한지 등 눈을 가진 당신과

허물어진 성곽 긴 그늘을 지나오면서
당신에게 나를 허문 게 언제였던가를 생각했다

해거름이 어둑어둑 수묵으로 번져가는 산방
초저녁 전등 아래 담채로 물든 환한 당신

섬돌 위에 앉아 있는 다정한 구두 두켤레에
사철나무가 점 점 점 꽃잎 자수를 놓고 있다
　　　　　　　　　　　　　　　──「사철나무 아래 저녁」 전문

　공광규의 시편에는 '오래된/오래갈'과 같은 지속과 내구
에 대한 상상적 소망이 한결같이 들어 있다. "사철나무 꽃
잎"이 쏟아지는 곳에 "주름 가득한 늙은 다탁"과 "저녁 햇
살"이 어우러지는 풍경에서도 '낡음'이나 '저녁' 같은 오랜
저물어감의 이미지가 은은하게 배어 있다. 그렇게 오랜 시
간 속에서 '수국'이 "당신 얼굴로 환"해지는 순간, 시인은
"옛 우물처럼/깊이를 알 수 없는 한지 등 눈을 가진 당신"

을 발견하면서, "당신에게 나를 허문" 시간들을 되새긴다. 어떤 것을 허물자 새로운 존재가 다가오는 것은 「담장을 허물다」와 바로 연결된다. 그렇게 "해거름이 어둑어둑 수묵으로 번져가는 산방"에서 시인은 "담채로 물든 환한 당신"을 생각하면서 "섬돌 위에 앉아 있는 다정한 구두 두켤레"가 그 사랑처럼 환해지고 번져가는 풍경을 아름답게 담아낸다. 점점이 저물어가면서 번져가는 이러한 사랑의 시학은 "나도 너에게 부서지고 가열될 때만 금광석"(「금광석」)이고, "아름다운 사람 하나를/오래오래 담고 싶다는 생각"(「가죽그릇을 닦으며」)의 산물로서 공광규의 시편을 적극 채색한다. 불가피하게 사라져갈 수밖에 없는 지상의 모든 존재자들을 향한 지극한 사랑의 마음을 담고, 공광규의 시학은 그렇게 소멸의 형식을 훌쩍 넘어 항구적 소망의 형식으로 그것을 탈바꿈시키고 있는 것이다.

3

공광규는 이번 시집에서 고향 혹은 가족을 여러 차례 호명한다. 그만큼 그에게 고향이나 가족은 자신의 존재론적 '기원'이자 '궁극'이다. 누구에게나 지난날의 성장통이나 가족을 둘러싼 서사들이 남다른 시적 수원(水源)으로 작동

하겠지만, 공광규에게 그네들의 삶은 가장 중요하고도 지속적인 시적 기원이자 궁극이 되어준다. 가령 그것은 "멀지 않은 곳에 고향 빈집이 있는 나는/아버지도 어머니도 없고 동생들도 없는 것이 서러워서/한참이나 첫눈을 뜨거운 눈물에 말아 먹고 있다"(「첫눈」)에서처럼 결여 형식으로 존재하거나 "젊은 나이에 병들어 울면서 돌아가신 아버지"와 "늙어서 불경을 외우다 돌아가신 어머니"(「백운모텔」) 같은 세세하고도 실감 어린 세목으로 구성된다. 특별히 이번 시집에서 눈에 띄는 것은, 오랜 시간 동행해온 '아내'에 대한 지극한 마음이다.

밥상을 차리고 빨래를 주무르고
막힌 변기를 뚫고

아이들과 어머니의 똥오줌을 받아내던
관절염 걸린 손가락 마디

이제는 굵을 대로 굵어져
신혼의 금반지도 다이아몬드 반지도 맞지가 않네

아니, 이건 손가락 마디가 아니고 염주알이네
염주 뭉치 손이네

내가 모르는 사이에
아내는 손가락에 염주알을 키우고 있었네
—「손가락 염주」전문

　시인에게 '아내'란 생의 반려자인 동시에 밥상을 차리거
나 빨래를 하거나 심지어는 막힌 변기까지 뚫는 실질적 살
림살이의 가장이다. 그렇게 궂은일을 마다하지 않는 시간
동안 "관절염 걸린 손가락 마디"는 어느새 결혼반지가 맞
지 않을 정도로 굵어졌다. 그 굵어짐의 시간 속에서 "염주
뭉치 손"이 되어버린 아내의 손가락은 시인에게 은은하고
순정한 연민과 안타까움을 선사한다. 평생 "뼈와 피로 꽉
차 있는 가죽그릇/수십년 가계에 양식을 퍼 나르던 그릇"
(「가죽그릇을 닦으며」)으로 살아온 자신과 아내는 그 순간 눈
부시게 결속한다.

　이른 봄날 오후
　벚나무 꽃그늘 돗자리 위에서
　모로 누워 자는 아내의 눈주름을 본다

　햇볕도 그늘을 만들고
　꽃나무도 그늘을 거느리는 걸 보면

아내에게도 그늘이 많았을 것이다

꽃나무 가지에 앉았던 바람이 깃을 치자
눈주름 위에 음표로 내려앉는
꽃잎 몇장

저녁이 와서
노을 한 폭 개어다 덮어주는데
낡은 몸에서 오래된 풍금 소리가 터져나온다

         ——「눈주름 악보」 전문

  "이른 봄날 오후"에 발견하는 "아내의 눈주름"은 마치 햇볕과 나무가 그늘을 만들듯이 "아내에게도 그늘이 많았을 것"을 생각하게 한다. 바람에 흩날려 "눈주름 위에 음표로 내려앉는/꽃잎 몇장"은 서서히 이울어가는 저녁처럼, "노을 한 폭 개어다 덮어주"고 "낡은 몸에서 오래된 풍금 소리가 터져나"오게 한다. 여기서 '눈주름'은 '그늘'이나 '노을', '낡음', '풍금 소리' 같은 소멸 지향의 의미론적 자장을 형성하면서, 그 안에 '오램'과 '신성(神聖)함'을 동시에 갖춘 은유적 장치로 다가온다. 이처럼 아내의 '눈주름'을 '악보(樂譜)'로 읽어내는 것은, 비록 시인 스스로 "내가 세상을 잘못 읽는지도 모르겠다"(「이런 날 저녁에도」)고는 하였지만,

가장 "따뜻한 사람"(「햇살의 말씀」)으로서 가질 법한 공광규만의 독법이라 할 것이다.

4

대체로 눈 밝은 시인은 새로운 인지와 감각의 갱신을 통해 사물의 본질을 재발견하는 데 공력을 다하되, 일상의 흐름이 가진 경험적 구체성을 통해 시적 비의(秘義)를 표상하게 마련이다. 그렇게 밝은 눈을 가진 이들을 일러 랭보는 '견자(見者)'라고 지칭하였거니와, 공광규는 숨겨져 있는 사물의 이면을 투시하고 발견하는 견자로서의 시인의 직능을 이번 시집을 통해 가멸차게 보여준다. 그 이면의 투시 속에서 그는 반성적이고 본원적인 존재론을 아득하게 펼쳐낸다.

초원에서는 사람이 죽어도 슬퍼하지 않는다고 한다
제사도 없다고 한다
장수들의 무덤도 돌을 빙 둘러 박은 평토장이다

말을 타고 언덕을 내려오는데
흰 털 짐승 한마리가

흙에 녹아내려 초원과 거의 평면을 이루고 있다

이곳에서는 죽음도
자연이 박아넣는 은입사구름 문양 공예품이다
　　　　　　　　　　　　　　　—「죽음의 문양」 전문

　초원에서 목도한 죽음의 양상들은 '슬픔'이나 '제사' 같
은 인간적 의식(儀式)을 요청하지 않는다. 세상을 호령했을
장수라도 "돌을 빙 둘러 박은 평토장"이요, 그마저 짐승들
은 "흙에 녹아내려 초원과 거의 평면을 이"룰 뿐이다. 그러
니 죽음은 자연스럽게 "자연이 박아넣는 은입사구름 문양
공예품"으로 해석된다. 마치 담장을 허문 집처럼, 당신에게
나를 허문 시인 자신처럼, 현상계에서 물질적 존재 형식을
취하다가 일정한 시간의 흐름을 따라 사라지면서 동시에
소멸의 비극성을 넘어 심미적 완성을 꾀하는 '죽음의 문양'
은 그 자체로 공광규의 가장 본원적인 시적 충동이자 문양
을 이룬다. "너무 빨리 오느라/극락을 지나쳤을지 모른다
는 생각을" 하면서 "인디언들은 말을 타고 달리다가/영혼
이 뒤따라오지 못할까봐/잠시 쉰다는 이야기"(「되돌아보는
저녁」)를 속 깊이 생각하는 그에게는 이러한 형이상학적인
문양이 썩 잘 어울린다.
　우리가 읽어왔듯이, 공광규의 근작은 경계를 허물면서

삶의 경이로운 자각에 이르는 과정, 타자를 향한 지극한 사랑, 가족이나 고향을 향한 결여와 연민의 마음, 본원의 질서를 향한 형이상학적 갈망 등을 노래하고 있다. 구체적 실감과 상상적 양감(量感)을 결합하고 있는 이번 시집은, 세상에서 빛을 다하고 사라져가는 사물의 풍경을 절절한 언어로 담아내면서, 동시에 고단한 삶을 살아가는 인간들을 유추적으로 향하게끔 하는 원심적 힘도 아울러 갖추고 있다는 점을 부기한다. 순정하고 투명한 서정을 통한 본원적 존재론을 다양한 시적 권역으로 수렴해 들인 그의 품이 참으로 넓고 깊다.

柳成浩 | 문학평론가

5년 만에 시집을 낸다.

등단 27년 만에 내는 여섯번째 시집이다.

이것이 나의 시 쓰기 속도인가보다.

시는 추월과 과속이 어려운 느려터진 경기인 것 같다.

그래서 답답하지만, 시만 그런 것이 아닐 것이다.

시를 바꾸어보려고 했으나 거기서 거기다.

사람이 바뀌어야 시가 바뀌는데, 잘 안 바뀌는 게 사람인

가보다.

시는 사는 만큼 쓴다는 말이 절실하게 다가온다.

그동안 쓴 시를 정리하면서 보니,

내가 참으로 보잘것없는 삶을 살고 있다는 생각이다.

이 보잘것없는 삶을 어떻게 할까.

어떻게 바꿀까.

이렇게 삶을 끌고 가서는 안된다는 생각을 놓지 말자.

그래, 삶을 바꾸자.

시를 새롭게 써보자.

일산에서

공광규

창비시선 365

담장을 허물다

초판 1쇄 발행 / 2013년 8월 30일
초판 15쇄 발행 / 2025년 4월 18일

지은이 / 공광규
펴낸이 / 염종선
책임편집 / 전성이
펴낸곳 / (주)창비
등록 / 1986년 8월 5일 제85호
주소 / 10881 경기도 파주시 회동길 184
전화 / 031-955-3333
팩시밀리 / 영업 031-955-3399 편집 031-955-3400
홈페이지 / www.changbi.com
전자우편 / lit@changbi.com

* 이 책은 한국문화예술위원회의 2011년도 문학창작활동 지원금을 받았습니다.